muxue

暮雪

簡單 作品

C 目次
ontents

第一輯　感遇

第二輯　回 憶

第三輯　暮　雪

第五輯　民　國

後記

第一辑 感 遇

攪 亂

夢境攪亂了我的生活，
如同回憶，攪亂了這個上午。
我太多的欲望，已攪亂了天空、池塘和樹木。
我已變成一個無家可歸的人，
渾濁而又迷茫，
走在異鄉的路上，
一次又一次地違背著初衷。
我知道，我再也找不到一條河，
清晰地映照著明月了。
我狹窄的人生，只是一行淩亂的字跡，
愧對共和國的廣闊。

雨 水

暮秋的雨水透著蒼涼。
我的安靜就是一片荒蕪的玉米。
它們被掰空，和我一樣，
等待著既知的命運。
「秋天的螞蚱，蹦躂不了幾天了。」
我又想起奶奶去世前的話。
她四歲被裹腳，顫顫巍巍地
走過了八十四年的人生。
她的苦難，幾乎多於她的白髮，
改嫁、被批鬥、自殺未遂
和守寡……
我的悲愴，不止來自於草墳上
一隻盤飛的寒鴉。
灰濛濛的天和地，連成一片，
訴不盡的蒼茫，只能隱於
充滿皺紋的微笑和淚水。

荒 草

教會我悲憫的，竟然是荒草和露珠
這麼多年了，它們
匍匐在墳堆上，像一個個哀悼者

它們安慰迎春花
也安慰春天
更探身泥土中，安慰著死者

這麼多年了，我只像風
輕輕地吹過
漫山遍野的荒草呀，漫山遍野的淚珠

小 草

我要向所有的路人祝福
那些穿布鞋的、皮鞋的
人間兇險，儘管你們有的
尚未金盆洗手

殺戮就在你們的腳下
踩斷我的手，我的臂
儘管，我身下的這片泥土
還不是路

我要祝福所有卑微的生命
飛翔的小瓢蟲，爬過
我頭頂的螞蟻，你們
沒留我一個人在世間孤獨

我要祝福，這個早晨
舊日子一閃而過，形同一輛
綠皮火車，而新的一天
還在曙色中，尚未開啟

珍 藏

那些珍藏露珠的人，
也會珍藏眼淚。

那些莊稼，在貧瘠土地上生長的莊稼，
也會珍藏，
珍藏一座荒墳，
一個革命黨人就義前的激昂。

活著的人呀，
漫長的一生就是受罪，
就像牲口，咀嚼了揦嘴的玉米葉後，
默默地消化。

那些珍藏眼淚的人，
也會珍藏露珠，
在一片潮濕中目睹日落和日出……

辨 別

辨別是羞怯的，
它隱匿於內心。

這村莊和麥田，這鄉舍，
它們，也在辨別著我。

我辨別著眼淚、親人
和記憶，我所擁有的流逝
讓一切模糊……

接下來，是辨別的
羞愧，走在故鄉的街道上，
我竟然是他們眼中的異鄉人。

內 疚

拖拉機在路上艱難地行進著。
一條狗，向它狂吠，
而它的主人，彎腰
仿佛在拾糞。

地裡，有男人和女人
他們舉著耙子，在刨紅薯。
秋風吹，樹葉卷，
一行大雁，展翅於天邊。

哦，夢就是一幅畫。
現在的我，已找不到觀察世界的方法。

紮 根

我輕視這裡的麥秸垛、電線杆
和變壓站
我還輕視這裡的老祠堂、小賣部
和人民公社
直到有一天，在這裡
一座墳，埋下了父親
我才算紮下了根

我有了根後才知道
這裡的溝溝壑壑坎坎
都是那麼美
它們寬容我，嬌慣我
讓我像棵玉米苗一樣滋潤

多麼淺薄呀，無根的蘆葦
之前，我怎麼會隨你
招搖在人世上

靈光

我覺得，我是被它照亮的

一穗玉米，一穗被剝開的玉米
它有亮晶晶、緻密的顆粒
像一群孩子，圍著母親

很久，我就沒有見到過光了
那種光，你懂的，一般人看不見

我說，我看到光了
是因為，黑暗一直佔據著我們的心

上墳

荒草、鳥糞、低矮的灌木
和幾隻盤飛的烏鴉

它們，它們聯合了太多的悲涼
突然向我襲來

我看到父親的淚了
他拉著我跪下，在一座座墳前燒紙

這是你爺爺，這是你奶奶
這是你太老爺……

香一直燒著
我們走後，留下寂靜空映著田野

田 野

田野裡有青草
田野裡有莊稼
田野還有已故的親人
他們躺下，像夜裡放下蚊帳
不說話

田野裡有螢火蟲
田野裡有螞蚱
田野還有洞、穴、坑
住著各種
未知的仙家

田野很大
一個土坷垃，請你進去
就能把酒話桑麻

螢火蟲

在暗處
我會越來越亮

那些挑著燈籠找我的人呀
我就是燈籠

那些在城市中失明的人呀
趕快在心裡為我騰個空

騰出一個夏夜
讓我再用草葉上的露水

擦亮你的眼睛

學 習

教會我心平的，是那些柳樹。
教會我氣和的，是柳樹下的
那灣河水。

在岸邊，我和一隻蜻蜓耳語。
我知道，它會帶來下雨的消息，
並讓螞蟻忙著覓食。

在鄉村，我學會了
與露水結誼，與狗尾巴草為友
與一堆幹柴火為鄰

也許學會的，還不止這些
當我彎下身子，為我
踩倒的牽牛花傷心……

老祠堂的土

在老祠堂裡，我看到一堆土
一堆被夯打過的土

它泛白，有一種石灰的質地
層理，清晰得如磚砌

它不招搖，也不掩飾
與鋪石頭的空地分庭而治

它可能是某個久遠年代建築的根基
但現在，我看不到，也查不出

空空的院子裡呀，荒草
和破碎的瓦礫

我看一會，流一會淚
像一個暗感大限將至的老人

苦

苦是甜的，
如果苦難已過去。

時間會帶走一切，
讓流逝不斷地重複流逝，
讓死亡和別離，
在人群中不斷地上演。

苦，就是苦，
舌尖上的苦，內心的苦。
在苦中皺著眉頭，
抱著信念堅守，
熟視著世界的動盪。

世界很舊了，
但我們還要認為
它是新的。

被踩倒的草

之前的黑暗、挫折和絕望，我全然不記得。
只要你伸出手，說，愛我。
只要你扶正我，給我陽光和水，
我便積極向上了。

也許，所有的幸福都會因此失而復得。

寬恕

寬恕這個世界吧
像寬恕一場雨，一朵雲
一個偷走你自行車的人

寬恕這個世界吧
像寬恕一個公開撒謊的人
給他燈光和舞臺
讓他自個兒唱自己的獨角戲

寬恕這個世界吧
像寬恕，每一粒被浪費的糧食
每一滴被污染的水
我們的原罪呀，都滿滿的
需要上蒼的憐恤

謙 卑

我願意彎下腰，去看
一隻螞蟻，看它叼著食物
在塵土中跑。

從鄉村到城市，我們
其實和它，沒有兩樣。
只是我們嘗了，它沒嘗的甜
就深知了苦。

所以，我們更應該珍惜
每一個落日和朝陽，
每一次分手和相聚，
把所有的一切，看作是福祉。

絞股藍

在小路的盡頭，我看到幾株
絞股藍，我知道它們是在等我
周身沾滿露珠……

我的辛苦，還不夠
一個眼神，一個微笑
曾是你對我的眷顧

如今，你離走
讓絞股藍沾滿我的愁與憂

停 留

不懼冷，不怕寒
坐在雪裡，我就想變成一個雪人

和寒鴉對話，和枯木聊天
和田野裡的風坐坐

用一杯茶，安撫內心
用一杯酒，告慰地下的親人

在故鄉，我停留兩小時零八分
我多想讓時間停下，我學會穿越

飛進往昔，和分離的人相看一眼
心裡特別甜蜜

贊 美

哦，讚美，我們需要讚美
讚美村莊上的雪
十二月僵塞的河
和樹上孤零零的鳥窩兒

讚美是何等的重要
在這個冬天，讚美
就是一盆火，嘶嘶燃燒
照亮烤火的人
和我的內心

哦，讚美
讚美就是乾淨的雪花
在黑夜裡傳頌自由和安逸

憂愁歌

憂愁呀，你是這麼黏，像糖稀一樣
粘著我

蒼蠅呀，你是這麼多，在紗窗外
嗡嗡地響

我詛咒過藍天和白雲
就一定詛咒過山川、河流和祖國

遠方的朋友呀，請您一定，一定要原諒我
我是一個失意的人，和您不一樣

淚水呀，早已弄濕了我的圍巾
還有什麼，營養不良的生活？

不，我的生活早已離開了我
像被拋棄，像有些事無從說起……

啊，拋棄，拋棄像什麼？
共和國廣闊無疆，而你只能蝸居在地下室

1970 年代

雨後的院子乾淨、潮濕，
像被熨過一樣。
鴨子，還在漚坑裡鳧水，
而雞與狗，相安於草棚，
不再互鬥。
雨使一切變得平靜、和諧，
暫時忘了紅袖章、語錄本和大字報。

祖國的花朵們，
趁機在繈褓裡發育著大腦。

在祿莊遇到一隻白鵝

它和幾隻鴨子
在水面上漂浮著

那水面很窄
本質上只是一個狹長的糞坑

與它一起漂浮的
還有死豬娃兒、魚皮袋和泡沫鞋

上岸後，它就離群了
它曲頸向天，驕傲地鳴叫著

它只是偶爾，偶爾才和那群鴨子
攪到一起的

它太喜歡水了，和那些鴨子一樣
只能在這個糞坑裡遊

它是我想像中的天鵝嗎
落入塵世，白得讓人心驚？

小麻雀之歌

一步之遙，我就能捉到你
但我放棄了，我放棄是因為
我看到了老麻雀

屋簷下，兒子站在陰影中
兒子說，抓到沒有？
我忽然，想流淚
小小的麻雀呀，我是，為你

你恐懼，你顫抖
你的翅膀是那麼軟，甚至
還不能飛

我們走吧，走吧，乖兒子
我給你買玩具，玩具——
我無法解釋，我此時的心情
和老麻雀的敵意

我一轉身就流出了淚

血液上湧，靈魂下落
面對一個秋天
我想起一個女人

一個女人的秋天
是收割前的成熟
飽滿必將衰落於時間

我又想到了一個鐮刀形的男人
我轉身卻看到了玉米
和童年的牛車

他們的愛情
盛開於玉米地
而結束於四散的鳥群

我一轉身，擰斷了回憶
在故鄉
老去的他們只是一堆墳

我想到了愛情、欲望和生命
我感受著一種無法承受的空
我一轉身就流出了淚

感 懷

那麼多有棱有角的石頭
最終都變成了鵝卵石
它們躺在河床的底部
顯現著大面積的沉默和孤獨

歲月呀，有多少種辛酸
就有多少種無情
誰又能力挽狂瀾
不變成自己曾經憎惡的人

月 亮

它不悲，也不喜
站在夜空的中央
散發著清輝
它目睹河流的消逝，親人的離去
莊稼的枯榮

人們為它作餅
以寄自己的幽思
它一次又一次地被神化
而在人們的感動中
它卻無動於衷

受傷的斑鳩

悽楚的鳴叫，在草叢裡
顯得那麼無助
我走近你，想伸出手
你卻突然飛起，滾落到了
河溝裡

兩分鐘後，等我
跑到河沿上，滿河坡的
雜草，已淹沒了你的蹤跡

禪 說

有我想找無我聊天
無我轉身躲進了茶杯

無我在有我的渴意中說禪
蟬真的就在窗外叫了起來

無我說放下，放下
就成了一根鞭子，纏著有我的心

有我說，我知一切皆空
無我就端起茶杯，蕩起一場綿綿細雨

有我笑了
你弄濕了我的手指

手指？業障重重
一切有為法，如夢幻泡影⋯⋯

充滿

我被朝霞充滿了，
在小樹林，河流還纏著一層
未散開的霧。

我被星光充滿了，
在夢裡，故鄉遼闊如海，
翻卷著麥浪。

我被灰塵充滿了，
在模糊中，我看到的路，
可能不是路，會踩疼你的腳。

我被黑暗充滿了，
在恐慌中，我也許舉著火把，
也許舉著殺人的槍。

哦，充滿，
請原諒我的狹隘和盲目，
如果你恨，請詛咒人類的本能。

死去

一躺下來，就聽到了蟋蟀的低鳴
還有溪流，也加入了歌唱
土地似乎變厚了，但四處
亮堂堂的，如白晝

再也不用擔心什麼了
瘟疫和災荒，已被宣佈
作廢，像舊賬，
一覺醒來過了期

再也不想和人間發生一點關聯了
平原因遼闊而顯得蒼茫
河流因曲折而顯得綿長
該安靜的，不止是落葉，還有心臟

再也不用，多說什麼了
腐朽，也是一種新生
我對生命一遍遍地捨棄
又一遍遍地饋贈

綠 葉

一片綠葉
對著塵土中的一片枯葉
不屑一顧

枯葉並不說話
像一個經過了生離死別的人
坦然地選擇了沉默

綠葉不知道
季節正在變冷
它飄下來是遲早的事情

永泰寺感懷

你來看花。
他來看花。
花花世界，
其實無花。

當我對著一棵樹說出，
樹上的鳥，
就飛走了。

我沿著鳥的蹤跡，
向深山走去。
在抵達山頂之前，
澄明之境，只是一團薄霧。

香山寺遇雨

凋敗中的舒展
在微雨中
無人問津

小麻雀
翻古塔
累了就不翻

老和尚
提著桶
在澆菜

淡之又淡
一些放不下的東西
紛紛潰散……

村莊

這蒼蠅是你的，
它在鍋排上產卵。
這耗子是你的，
它在地洞裡繁衍。
這糞坑也是你的，
它讓這個夏日臭氣熏天。

剩下來的，
都是我的，我的莊稼，我的責任田。
我的桑麻就長在汝河邊。
這讓幸福流淚，
讓大地抱著村莊徹夜難眠。

蝙 蝠

劃著明亮的弧線，
是蝙蝠在飛。

我站在寨牆上，望著外面的
玉米地。
河流不遠，就在落日的邊緣。
它緩慢地流動，
迂回，曲折，
隱于茫茫的平原。

日復一日，我知道，
河水帶不走什麼。
當黑暗降臨，我就開始數蝙蝠，
一隻，兩隻，三隻……
我數的越多，心裡就越平靜。

我常以此來抵抗，眼中的積淚，
和日子的蒼涼。

第二輯　回　憶

票 車

車停了下來
從窗口探出一張
搽著雪花膏的臉
「排隊，不要擠，慢慢上。」

駕駛員穿著一身藍制服
戴著白手套，等待中
無所事事地望著
遠處的麥田和集市

「好了，好了，關門。」
售票員話音未落，門啪的一聲已關
方向一轉，汽車一溜煙地
奔馳在 1985 年的鄉間……

除 夕

堂屋中間貼著華主席的像
條几左邊供著爺爺的牌位
母親端著一盤餃子，禱告後
院子裡就開始放鞭炮

除夕給人的壓抑
就是這千篇一律的爆竹聲
我躲在西廂房裡
很微弱地聽著
有線喇叭傳出的聲音：
「大快人心事，揪出四人幫」
我當時不知，寫它的就是
御用文人郭沫若
唱它的就是，很會來事兒的常香玉

回憶父親

東風車背後，父親的影子
模糊了整個八十年代的天空

那個夜晚，母親說
做了一個噩夢，夢到所有的牙齒
都生銹了，指頭一敲
就全碎了，而我則是不停地出汗
讓一張破軟床，更接近於
一個網兜兒

第二天有人說父親死了，車禍
我背靠著院子裡的一棵苦楝樹
呆呆地望著母親驚落的菜筐兒……

十年祭

（給姐姐）

起風的時候，
母親哭了。
在墓地，
一小朵迎春花開了。

「你姐喜歡在髮髻上別一朵二月蘭，然後，
拿一塊帶芝麻的幹烙饃，端著煤油燈去上學。」

樹葉兒黃了就落，
我們，我們，都回不去了，時間的針腳……

死生，茫茫，兩不知。

自行車

凌亂地擺了一地，像犯罪
現場。永久牌自行車
並不永久，它被表哥拆得
只剩下鋼架構。

我知道表哥的用心。他想顯擺
自己的手藝。他那天穿著寬大的喇叭褲
很不合時宜，讓春蘭她媽
認為他流裡流氣。

騎著那輛自行車，春蘭
喝 1605 死了，村裡的人都說
她該嫁給表哥，不該嫁給
那個賣假化肥的萬元戶

手抄本

屋裡很黑
外面下著雨
表哥打開了小檯燈
以為我已睡去

輕手輕腳，像做賊
表哥小心翼翼地
從箱子裡
翻出了一個小本本

他坐在檯燈下，一坐
就坐到了後半夜。
他躺下睡後，還不安生
鋼絲床吱吱響了好一陣

我很好奇，第二天
趁著屋內沒人，就把手伸進了箱子
摸了半天，只摸出了個書皮
上面寫著：少女之心

1980 年代

夾竹桃在窗臺上落滿雨珠

透過窗戶，我看到的世界是這樣的：

母親在棚子下擇著花生

姐姐晃動著長長的辮子

像蝴蝶一樣在院子裡飛舞著

穿著喇叭褲，頭髮一尺惷長的是哥哥

他正低著頭，在修一台

卡式答錄機

籬笆牆之外，是泥濘的小路和陰霾的天空

幾隻小麻雀，在雨的間歇中孤單地嬉戲著

它們的自由，還未來得及被貧窮鎖定

昆中叔

他背著老土銃，領著我
去柳楊河
他一路興奮地說，那裡兔子
真多

中午，蟬鳥合鳴
太陽直射，我左眼跳後
右眼

半個時辰後
我們掮著獵物，興高采烈地
回家，走到西寨口
他猛然推了我一下，緊接著
一輛失控的汽車
就把他撞進了河……

失蹤的建國

殺豬場旁邊，我一眼
就看到了你，穿著喇叭褲，
掂著雙卡答錄機，
在跳霹靂。

圍觀的人很多，有二狗、三嫂
和菊花姐，後來，那個燙頭的
愛香也來了，她跟著你扭
沒幾下就弄叉了褲襠……

更多的細節已被塵封。
但聽三叔說，那一年鬧學潮，
你一激動就去了北京，
後來，就再也沒有了影蹤。

神婆

狗剩被撈出來時，只剩下半口氣
他臉色蒼白，牙關緊閉
二妮她奶抱著他
不停地用手搓著他的胸口
她讓人端來一升黃豆，插上三根香
然後，跪下，念念有詞
舉起雙手，面朝河，迎接著什麼
如此反復，半個小時後
狗剩終於睜開了眼睛⋯⋯

後來，圍觀的人都散了
我還很好奇
二妮說，俺奶可是出了名的神婆
連新調來的公社書記都信
昨晚還掂著罐頭來瞧她

大槐樹

燕子在你的頭上築巢
螞蟻在你的身下打洞
而我則在你的懷裡做夢
聽狗剩他爺，端著飯碗
在這裡說瞎話兒
說你流過血，曾化身
一個白鬍子老頭，救過
白蓮教的人……
後來，你頭上被扯上了喇叭
每天，聒噪得像老鴰叫
就再也沒住過仙家

柳楊河

小牛在遠處飲水
低著頭
河水翻卷著小浪花
洗我的腳

天空高遠
雲朵層堆
玉米彎著腰抽著穗
雜草被風吹得亂飛

沒有誰能記下
這美妙的一刻
時光潋灩
當我再一次經過

聽說書

停電後，院子裡又吊起了
馬燈。聽書的人
沒有散，反而聚得更緊了。

驚堂木一拍，弦子
又響了起來，仿佛這意外的停頓，
是故意留的懸念。

到處，是黑壓壓一片
似乎戰場，就搬到了眼前
草木皆兵中，有陣陣冷風在吹

瑟瑟發抖，我站在雞窩上
才勉強看到，說書先生
我生怕他一不留神，說死羅成

逃 課

從學校後門出來後，她說，
你那麼封建，連我姐都不敢見。

天說下就又下起了雪。
我們在衛生院裡轉了一會，
就又回到了小廣場。

我們在主席的雕塑下
吃餅乾。看一隻瘦弱的麻雀
在它頭上拉屎。

「我長大了，就去香港。」
「去香港幹什麼？」
「找霍元甲和陳真。」

第二天，站在講臺上念檢查
何堯娜繃著臉，再也沒有了那種
一提香港，就很幸福的模樣。

升旗

操場上落滿了雪
旗杆也上凍了
我和何堯娜，抬著一桶熱水
去澆旗杆上的冰

「你聽過張薔的歌嗎？
害羞女孩。」

我低著頭，沒說話
她長得好看，但學習不好
姐姐說少給這樣的人打交道

升旗的時候，天又下雪了
她一直站在我旁邊，頭髮辮
紮著蝴蝶結，來回晃

懵懂之戀

她坐在後一排
懷裡抱著一隻羊羔

我坐在前一排，踩著籠子
籠子裡裝著一隻鵝

我不知道，我們會相遇
坐在同一輛車上

倒車鏡裡，我不安地
看著她的不安

她放下羊，一會弄頭髮
一會整布衫

細雨在窗外綿綿地下著
我坐過了兩個村莊，也不捨得下

初 戀

北汝河快幹了
魚兒都跑上了岸

我們生火，向鍋裡添水
抓一條，吃一條

何堯娜和於小彤，都醉了
我趁機，把一個寫好的字條
塞進了何堯娜的外套

「我們，照相吧，照相吧
偉大的友誼，勝過列寧和史達林。」
我的心咚咚直跳，努力掩飾

薅草

場裡曬著穀子
我們在地裡薅草
一群麻雀，被我轟走後
又飛落

「我想紮兩個稻草人
一大一小
大的嚇老鳥
小的嚇雛鳥。」

姐姐聽著聽著就笑了
「你這智商，怕是娶不來媳婦兒了。」

姐姐那時笑得可真開心
天空，湛藍湛藍的
白雲朵朵，可以被忽略……

1978 年的春天

春暖花開。一隻螞蟻爬出土窩
一隊紅小兵穿過街道。
春暖花開。一副標語剛剛貼好
又被風吹了下來。
春暖花開。一些人醒了
認為自己就是醒了
一些人死了，卻永遠也醒不過來
春暖花開。我站在一扇窗戶後
看著這個世界，春暖花開。

1976 年的一天

哭聲沿著漆包線傳來
仿佛一夜之間大家都失去了親人
有線喇叭裡再也不唱豫劇了
泣不成聲的哀悼
猶如二妮她爺在吃憶苦飯前的哭訴
公社門口擺滿了花圈
小紙花一朵一朵，真像
極具生命力的野白菊

這麼大的一件事，好像
與我們無關
我們在大路旁，推一會桶箍
圍一會觀
好奇心，基本上都屬於童年

殺豬場的雪

七叔在燒水
堂哥在磨刀
小豬還拴在院子裡
天正下著雪

我有些害怕
望著案板上，被砍開的豬頭
剛剛
我還看到
它在拼命地掙扎

雪越下越大
幾乎埋住了
那個春節的喜慶
我一直還想著
院子裡的那頭小花豬……

祭 灶

老灶爺是一張紙，
花五毛錢，從集上請來的。

奶奶有些心疼，
但嘴上不說。

炕完火燒後，還不到五點
我就迫不及待地端出灶糖和柿餅

母親念念有詞，在鍋臺旁燒黃表紙，
二哥那時已有膽量開始放炮。

天空暗下來的時候，
奶奶還不讓我們吃那誘人的供品。

她說，供供毛主席他老人家後，
我們就不再受帝國主義的壓迫。

憶苦飯

狗剩他爺坐在門墩兒上
一邊喝著蘿蔔纓湯一邊說：
「我覺得毛主席領得就是中
不打倒地主惡霸，咱哪來的田地
沒地，咱吃啥？現在的年輕孩兒
啥也不知兒，他們誰吃過觀音土
那年饉兒時叫餓呀，誰經過？
來來來，再來一碗，這比朱洪武的
珍珠翡翠白玉湯還好喝。」

我有點不信，盛了一碗
無鹽，很澀，很捌嘴，幾乎
難以下嚥。我趁著大人不注意
偷偷倒進了大門外的漚坑。
後來，就再也沒吃過這種飯

吹 牛

在牛棚裡，一堆火
烤得讓我忘記了外面還下著雪

「宏昌叔，你不知，
恁侄兒我，可見過大世面。
樊鐘秀，護國軍，我見過。
打朱窪，我當壯丁，扛梯子，
死了好多解放軍。還有毛主席
去襄縣，看煙葉，和我
握過手。還有馮小保，大廚
伺候過許世友，是我表姑父。
還有呢，咱新來的公社書記，
論輩分，他咋也得問你喊爺，
別看你年紀小，我和他爹，
文革時拜過把子，要不
他爹早就被鬥死了。
唉，人這一輩，不容易，
你知道不，為啥我沒吃上商品糧？
就是你那個哥，我叔，是個國民黨
打台兒莊時，被炸瞎了眼，一直

跟著我，成分不好呀——
但那是俺親叔呀，不能不管呀。」

雪一直還在下
那堆火，早已熄滅，連灰燼也被覆蓋

機械廠

1
荒涼的小路，
通向，更荒涼的廠區。

2
無數次飛，
紙飛機，被雨打濕了。
無數次墜地，
在車間外，
一個貼滿標語的長廊裡。

3
孤獨，是車床種下的
魔咒，還有鐵屑、鋼和黃油。

我消化，一隻蝴蝶的死，
用大頭針做標本。

我露著腳趾頭，
在十字方格裡走。

4
看著卡片，
我識字。
人、口、手
毛澤東
社會主義
……

我被詞義盜空，
又盜空詞義。

5
我被複製。
我被粘貼。
在噩夢的螢幕上，
噩夢，總是有一番欣欣向榮的氣象。

6
一個零件
和另一個零件
無差別
無疼痛

但身體裡的鋼會叫醒剛

他們
騎著自行車坐著火車乘著飛機一點一點地遠離

像鳥兒
撲棱棱飛走了……

7
多年以後，
機械廠已經停產。

荒蕪的淚水裡只有我鏽跡斑斑的腳步。

第三輯　暮　雪

暮雪（一）

落日滾過茫茫平原
漸漸熄滅
大地目睹了太多的悲愴
而默默無言
寒鳥繞過樹林，露出
一大片的寂靜
風翻飛著，刮過結冰的屋簷
留下一隻狗，臥在
公社的大門口……

除此之外
我的筆是顫抖的
更多的顏料哭了
它們擠不進我的回憶
就會被淚沖走

暮雪（二）

湖面上結著冰，三兩隻鴨子
迷路了，它們無助的叫聲
多像一個孤兒童年的夢

風卷著雪粒，拍打著
窗戶上的塑膠布，一條狗被凍醒了
它就向路過的人狂吠

萬物在掌燈時分開始緘默
如苦難貼著被裡
秘密留下各不相同的針腳

暮雪（三）

雪有一尺深，我提著罐子
去送飯。翻過溝，穿過
小樹林，那麼短的路
我竟走了半小時

姐姐說我遇鬼了
我記得，我在樹林繞了幾圈
才出來，沒覺得遇到什麼
只見到了幾座墳

「那地方很緊，聽恁伯說，
47 年時，死過許多解放軍
52 年時，槍斃過很多人
平常，就沒人敢從那走。」

我躺在被窩裡，越聽
越出冷汗，仿佛又一次
身臨其境，看到一群麻雀
在漸暗的林子中，胡亂地飛

暮雪（四）

雪在大地上飛舞著
暮色猶如強加進的背景
局限著樹木、道路和村落

「一定要我入土為安，
不要爬火葬場的煙囪！」

打墓坑的兒子累了
他想起母親的話
鼓了鼓勁，繼續挖

一個老人沒有了
她被偷偷埋進了土裡
一場雪後，連痕跡都不留

暮雪（七）

暮色中的光，不再晃眼
潰不成樣的雪，偶爾在背陰處
露一下小髒臉兒

漚了頂的麥秸垛
還在勉強冒充著風車，只可惜
瘦驢上，沒有堂吉訶德

道路，泥濘著通往遠方
拉煤的車，一輛接一輛
蕩黑了，小賣部的玻璃窗

繁忙的秋天

秋色被一溜兒楊樹平分
左邊是一群羊
在默默地啃草
右邊是姐姐拿著黍秫鑔
在砍玉米稈
遠處，河水清涼
一頭牛剛飲完水就被上了套

田野敞開著
像一個女人微微隆起的腹
偶爾有一隻野兔露出頭
轉瞬又消失於小河溝……

渡 槽

孤零零立在田野上
像舊有年代的饋贈
散發著一股凋敗的氣息

放羊的七叔說
這渡槽修於 1968 年
農業學大寨時，全村人熱火朝天
充滿幹勁
不像現在，死個人
都找不到人埋

七叔的孤獨，是一輩子守著土地的孤獨
他死後，我去過一次他的墓地
就在渡槽的旁邊，那玉米地金黃一片
充滿了溫暖

雨 天

秋雨綿綿
萬物濕得像從水裡撈出來

牆上的玉米，搭著塑膠布
大門口的拖拉機，被雨淋著

「這一直下著，可不是事兒呀！」
「再玩會鬥地主，別杞人憂天了。」

「你地裡還有幾畝花生？」
「五畝，鱉孫，再下幾天就全完了。」

綿綿的秋雨，落在藍瓦上
不讓人省心，但也潤物細無聲

傍晚的磚窯廠

傍晚的磚窯廠，冒著一股白煙
冷且寂

髒，是一堆煤
在灰色的天空下被風揚起

忙，是幾隻手
爭著為傳送帶裝著土坯

閑，是一隻黑老鴰
在風中盤旋著，拉下幾泡屎

遠處，夕陽遺容般地
照著大地

鐵絲繩上，一個紅乳罩
剛被風刮掉，就被窯主的女兒撿起

暮 晚

變電站已亮起了燈
喝農藥的村婦，還躺在雪窩中
趕去報信的人，一直沒回來
狂風撕扯著電線
發出暴虐的響聲

鏡頭再遠一點
是村莊，一個剛上學的孩子
還不會用筆
她只能用眼淚記下
多次家暴引發的一場悲劇

暮 光

暮光中，忍冬花趴在碎石上
像人，攖於泥濘的塵世

鳥，不再叫了
該歸巢的，已飛走

你抽煙，口紅沾滿黃昏
讓一團霧，降落於身下的河流

村莊消失前，我要把摩托加滿油
所謂留下或離去，其實並不重要⋯⋯

秋天的早晨

燒樹葉的味道
是整個秋天的氣息
她疊起了的確良襯衫
換上了薄毛衣
天濛濛亮，她就去趕集

他左摸右摸，什麼也摸不著
就醒了，開始起床
院子裡空空的，落葉已掃進糞坑
桌子上還放著雞蛋茶
冒著熱氣

街上人很少，偶爾會有
拉煤的車駛過，留下一層
煤灰，落在煎包子的鍋上……

暮 春

綠，是一地的綠
野草和莊稼，相互較著勁兒
河，是乾涸的河
像一條蛇，剛剛蛻下的皮
墳，還是那座墳
迎春花已開得，讓春天岔氣

雪

綠，再也不能翻滾了。
白統治了一切。
我所能辨別的，只有房屋
和草垛。

小河結冰了，還是一層白。
白得滋膩，白得敞亮
白讓一切羞愧，
包括內心。

這世界在白中會乾淨一些。
儘管，一輛黑色的桑塔納，
不知趣地駛過，
留下兩行，深深的車轍……

蘆葦

蘆葦不會告訴我們
土地怎麼會生出墳塋
在一片蒼涼的雪野中
它只是一個哀悼者
試圖撫慰著，每一個亡靈

蘆葦更不會告訴我們
有常的輪回，正驅動著無常的人生
儘管，別離早已註定
但我們還要在每一個早晨
聆聽花開和鳥鳴

蘆葦低著頭，像大地
一個最忠誠的僕人
它什麼都知道，但它什麼也不說
只有風吹它的葉子時
它才沙沙回應……

烏鴉之歌

我和黑暗混為一體
我是你不眠之夜淪陷的一部分

沒有比我更黑的
我是煤，萬年化石活著的精靈

我還是死神的翅膀
扇動著狂風，穿過你的噩夢

我最終落到電線杆子上
為了引起你的注意，叫了幾聲

呱呱呱，呱呱呱
一個小孩，舉起了彈弓

小果園

一群蜜蜂飛離後，又回來
它們扇動翅膀的聲音
幾乎穿透了整個春天的腹
一片油菜花，就在她上面

隨意地塗著黃。有一場雨
剛下過，清新
還沒來得及為空氣定義
而更具象的是泥濘

和一台冒著黑煙的拖拉機
它們，在路上相互作用著
宛如動力的邏輯
就是反動力。

泥濘，也是上帝的賜予
你所知的表面，就是這樣的平靜
而果園深處，幾隻卷葉蟲
正在一滴白色的殺蟲劑中死裡逃生

小樹林

更多的路，在侵佔你
而你的腰身，卻被一條
小河修正。你的胸
剛被兩座新墳隆起
更隱秘的，已被半透明的
時光遮蔽：
曾有女知青，在你的肚臍旁
上吊，卻因繩子斷了
掉進河裡，和捕魚人
結為連理
而你的腹，卻一直被
洩洪坑敞著
一聲聲挖掘機的轟鳴
繡不出經濟的百褶裙，就遮不住
非法占地的妊娠紋……

小石潭

埋下的記憶分叉成兩行
稀疏的樹，而稠密的是
碎磚和石頭塊，洩露著
附近工廠，整體拆遷的
秘密。風還在，輕輕地
吹，但它已模擬不了以
前的口吻：誰喊一聲跳
幾個光著屁股小孩，就
齊刷刷地蹦進水中。一
絲水花，似乎還在蕩漾
但路邊的烏鴉，和剛修
的配電站卻看不到，它
們選擇無辜，在我的筆
尖下，和一個黃昏和解

小池塘

從塘到坑，你的衰變裡
夾著一縷童年溺水的恐懼。
本質，並非由大小來決定，
但幾隻鴨子，已習慣了

你窘迫的疆域。小蠓蟲
圍繞著你飛，綠藻
也一點一點地覆蓋你，
在有限和無限之間，只有鴨掌

劃起了一串小水花。與海
有同樣的元素，卻分享不了
鯨魚的呼吸，在污泥
和痛苦裡，只有冒泡的夢，

渴望著一隻鳥，投下
飛翔的影子。

闹店街

薄霧是第一道帷幔
聚攏著秋色，接著是防護林
稀疏地縫補著，裸背的
柳楊河

一輛車，率先突破了
畫面的平靜，幾條路
表面交織著，卻暗中滋養著
各自的店鋪

最後，是一座崗
安靜地俯視著
一大塊玉米地
不豐饒，也不貧瘠

清明節

小雨祭奠著孤墳，
泥濘訴訟著小路，
野花很黃，一個勁兒地蔓延著
春天的孤獨。

亡靈怎麼也坐不住，
翻過墓碑，把過去細數。
小風震顫著，穿過
樹林、村莊和集市⋯⋯

平 靜

三兩座墳，睡在河的對岸
破敗的磚窯，冒著白煙
一個漚了頂的麥秸垛
歪著頭，再也經不起
大風吹

越調戲終於常唱累了
大喇叭裡開始播放革命歌曲
河水清靜而幽遠
如男人和女人，沒有二心
忠誠於愛與貧窮

田野裡，到處是飄飛著的蒲公英
若飛翔有真身，它必是夢幻和憧憬
讓整個秋天感動，何必計較
與一陣風？何必膽戰於
未來的不確定？

油菜花

山腳下
一大片油菜花，是她最後的一眼……

翻過一層層灰
從發黃的油印冊子上
我終於找到了她的資訊

余笑梅，同盟會會員
曾留學日本，回國後興辦
女子學堂，宣傳革命
於光緒三十四年
被殺害於開封
其父其兄皆為地主階級反革命
已被我們人民政府鎮壓
其人宜抑不宜揚

山腳下
一大片油菜花，在雨水中開了又敗……

鄉 野

玉米向兩邊靠攏
似有風通過

豆莢低著頭
羞怯地裂開了緊繃著的腹部

蛐蛐鳴叫著
產下卵與對秋風的恐懼

夜黑黢黢的
一滴露水，會把一切平復

林中的鳥

林子大了，會有
許多種鳥
它們有的，討人喜歡
有的醜得嚇人
它們一起在樹上叫著
仿佛在說笑

護林員能聽懂些鳥語
有時，他聽著聽著
就流起了淚
仿佛情不自禁

鳥兒是那麼歡快
鳥兒是那麼自由
它們求偶和交配
不管出身和階級

林子大了，會有
許多種鳥
而鳥們，似乎並不關心

人類，直至有一天
守林員無端地
向自己的頭，開了一槍……

桐 花

這平民的花朵，春天秘密的
繁殖者，像礦區路口
我淚水中那些滾燙的妓女
她們淡色寡香的花瓣
喇叭形的肉身，是那麼深地
觸動我，記憶的閘門
被什麼提升了，童年像水一樣
漫了過來，饑饉的七十年代
我曾吃過多少味道鮮美的
桐花菜饃？那三條腿的鏊子
自來風的鍋臺以及
愛唱「黑頭」的馬義堂⋯⋯
那麼多人和事如今都跑哪去了？
被時間蒸發了，還是匿藏
某處？生活想起來
總是讓人感到悲憫、辛酸
又夾雜著一絲甜美
至少還能回憶，還能與過去
和解，儘管現實料峭
會使生活陷入更深的陷阱

躍進門

一隻鳥，落在上面，
東張西望了一會兒，就飛走了。
第二隻就沒有停。

「十五年，趕英超美，
要把萬惡的資本主義踏在腳下！」

在臨時搭起的檯子上
公社書記很興奮

而人民，只能在饑餓中
佩戴著凍僵的耳朵……

十一礦

霾在頭頂。樹在霧中
隱形。小河對面
是教堂，破舊的十字架
模糊著遠處，成山的矸石堆
冷還在加大馬力
配合國道上，駛過的車燈
哈氣暖手的人，摘下口罩
露出秘密的牙齒
仿佛要對這一切喊停
但，沒有什麼會停
甚至沒人會聽
啞默，是巨大的
猶如一種秩序的聲

神 遊

站在地獄的門口
我獨自向天堂致意
我背著糧食、鍋和柴火
匆匆暴露著肉體之所依

我看到許多人在路上走著
幸福或痛苦，走在同一條路上
茫茫的遠方只有地平線
你一轉身也許就能看到飛舞的亡靈

燕子，在這個下午不急著抄水
風已停了
舊閣樓上再也沒有人寫詩
一隻螞蟻望見甜食突然垂淚

在我身後，每一種東西
都是有生命的，植物開花
動物交配，菌類繁殖
而我怎麼會獨自死去

我放下柴火、糧食和鍋
招回了我的靈魂
我拍了拍一次臆想的肩膀說：
對不起，老兄，上帝找我有點兒事

五礦口

高大的矸石山冒著白煙
低矮的窩棚連成一片
小火車間歇性撕裂著夢境
一個紙疊的小船
放進水裡，就被一陣風吹翻……

我的回憶，經不起時間的切削
就像在這裡，我曾為一個女孩
寫過三封情書
如今，連她的名字也忘了

歲月呀，你的無情
就是在記憶的空白處，長滿荒草

雨來的時候

在雨來的時候，公雞還在打鳴
母雞還在下蛋

在雨來的時候，燕子飛得很低
蜻蜓和我直碰頭

在雨來的時候，窗子嘩嘩作響
幾塊玻璃被風吹爛

在雨來的時候，一隻拴在院子裡的狗
叫醒了我的鄰居

在雨來的時候，天空只是一個筆帽
而大地才是流淚的筆尖

在雨來的時候，我抱著後腦勺
一把傘的概念還未形成

三蘇墳

荒草已被湖水代替
像穿過蒼柏的風
已意識到這不是宋代

有人在墓前無精打采地喝著啤酒
就有人跪下，為先師曲折的一生
斟滿熱淚⋯⋯

小雪

山崗恭維它
就亮出，帶著磚瓦窰的臉
任它抹

村莊膈應它
就毫不留情地，用掃帚
和鐵鍬，與它鬥

最曖昧的是只小麻雀
它一口一顆麥粒，正被一個機關
引向一條絕命的歧途

祿莊詩句

陽光，落在雪上
冷，卻進一步加劇了
像一不小心，掉進了冰窟窿兒
田野，亮閃閃的，像湖泊
但不是。幾行小楊樹
潦草得像壞學生應付作業
在一溜車轍的批改中，小路
已糊塗得和田壟混成一片
有一小陣風，也跟著添亂
它左一股，右一股
直往村莊的懷裡鑽
而村莊，裹緊了紅磚的大衣
任兩隻覓食的凍鳥
在它額頭撒下，孤單的啾鳴

道觀懷古

天高。雲淡。小路
遠有近無。

荒草。野塚。寒鴉嘶鳴。
石碑殘斷，瘦金
扶不起大宋。

人去觀空，松柏猶在
鬼魅不存。

過香山寺未入

道路，在油菜花的黃中延展，
車，在緩慢中爬行，
猶如帶著馬良的神筆，塗抹夢境。

山石，換了幾片綠草，
就自認為是風景，但採花的蜜蜂，
堅決不認同。

放開一點說，寺院
本無佛陀，
業障，何須香火蝕空？

隔著眾生，不拜也罷，
信者自信，淨者自淨，
一片澄明，阿蘭若自在心中。

枯木禪

殺人刀，活人劍
打得念頭死，救得法身活

息妄顯真，在一片貝葉裡
我看到法成的臉

縱有千朵花開，萬噸芬芳
枯木從不逢春，更不依寒岩

春光賦

山不成氣，成了崗。
一群油菜，好不容易翻了身
在自己的衣襟上，開墾了一片黃。

明媚，還未來得及
轉正，幾隻採花的小蜜蜂，就來
瞎折騰。

春雨，看不慣，但它
也不亂說。倒是體面的春風，
暗地煽火。

瞅瞅吧，樹也憋得發芽了
還有那一灣河水
早已蕩漾出了一臉的潮紅。

春 眠

我是一場雨
沒有到來，也沒有離去
在黃昏的湖面上，莫名地憂傷

我還是一個惆悵客
江山無垠，風光正美
我卻用寥落的鞭子，抽打著陶醉

萬物如夢，我就是風和柳絲的
耳語，不醒來
就是不受苦，不遭罪

所以，要簇擁著萬物
好好睡，波光粼粼的湖面上
只有蜻蜓在飛……

晚　春

閉目靜坐，在床上
我感到身體在變輕

——寧靜中我看到了樹木
和流水，一些不開花的植物
張開纖細的枝……
——寧靜中我想起去冬的故鄉
白雪皚皚，松針冰瑩
陽光下閃閃發光……
——寧靜中我聽到故國的風聲
夾雜著拖拉機
賓士在鄉間……

我感到我的身體在變輕
像晚春枝頭上的那些花
它們師法自然，在大地上

土門河速寫

河灘扁平，像一塊癬一樣
長在山間。為此
一座橋，暗自吃驚，
幾台相機，不停地露能。

河邊的那些梨花，明擺著
是春天的即興，讓桃花就這樣
吃醋吧。隔岸觀火，
河邊的卵石，圓滑著呢——

為此，一塊岩石生過氣，
它想撕碎山霧撲下來，但它賦予
卵石的法力太小，根本
救不了，幾近乾涸的河道。

大河橋的雪

沒有擴音器，沒有大喇叭，
只有雪，和雪中孤獨的麥秸垛。

我們把凍僵的麻雀叫醒。
我們把冬眠的河流叫醒。
我們把欄裡的牲口叫醒。
我們還要把泥土裡的蚯蚓和蟲豸叫醒。

而雪，我們叫不醒。
它本身就是夢。它不緊不慢，
一層，又一層。
它也不想掩蓋什麼，
也掩蓋不住什麼。
它最終一聲不吭地
就壓壞了，獸醫站的石棉瓦棚。

暮色圖

暮靄很薄。
幾萬噸空虛，
突然把一個村莊的喉嚨鏽住。

玉米低著頭，像一個失貞的少婦
彎腰撿著滿地的扣子。
而在豆莢的內心，秋天
還是一個強暴者……

風在牽牛花裡打著寒顫，
一次為花瓣上的淚水，
一次為秘密的秩序，即將在暮色中形成。

春歸圖

嫩黃的春天靜靜地睡在霧靄裡，
像一個披著輕紗的美人兒，
微妙處隱約可見——
翠綠的麥苗，柔韌地舔著涼風，
在大地的繈褓裡，
彈性十足地震顫著。那葉尖
飽蘸露珠，像無數隻明亮的小眼睛，
眨著對生命的好奇。
綿延的河水，玉帶一樣繞著村莊，
窈窕了所有人的想像。
那些清脆的鳥鳴，從哪裡落下
又清空了誰的耳朵？
寂靜中的寂靜，撤走了我所有的麻木。
空白中的空白，倒盡了我所有的充盈。
仿佛是一種新的開始，
這蛇彎的田間小路，要帶我到哪裡去？

鄉村圖志

河道窄小，但注滿了陽光
楊柳懷抱春風，在小跑中
卻弄丟了梅花。雪，早已
合上了靈魂，秘密的對話
只能持續在泥土中。麥苗
怎麼也睡不著，躡手躡腳
小燕子，已在她的耳朵裡
支起了簡譜。明媚，還算
不上，但心態會勾兌錯覺
讓白雲一朵朵地，把天空
當成 Ｔ台。其實，走秀的
還有村莊，冒幾股小炊煙
就想裝扮成，我們每一個
人的故鄉。當然，小把戲
是風的專利，他會把這煙
彎成標記，刻在遊子心上

第四輯　浮　世

1967 年的初夏

彈片橫飛，躍進門被炸開了一個豁兒；
一個郵遞員死在橋下；
一個赤腳醫生被吊在村口的槐樹上；
公社大院裡，民兵們都持槍荷彈；
喇叭裡一直放著革命歌曲；
你爺爺就死在那個初夏……

七叔上完香後，我們一起作揖，
然後，跪下。

大鍋飯

空氣中有雪的味道柴火的味道
和麥苗的味道，空氣中還有夢
的味道蘇芮的味道以及跟著感
覺走的味道。

味道很重要，一個廚子說完就
自殺了。他割掉自己的鼻子扔
進了菜鍋裡，一生產隊的人都
不承認自己吃過，但他們反復
嘔吐，在無人的時刻。

村婦田小蛾

他死了
她去上墳
她讓兒女哭
她不哭
她甚至有點盼望
這一天早一點兒地到來

她恨這男人
恨他 1967 年
在一個玉米地裡把她摁倒
她也恨自己
怎麼就輕易地懷上了孕

「命，就是要認命。」
她想起母親臨終的話
眼中突然就有了淚花

日子，就是這樣過來的
她扛著肚子，嫁給了他
村裡人怎麼笑話她

她就怎麼罵他、數落他
他做牛也做馬
只有晚上熄燈後
吱吱呀呀的板床
才讓一切變得緩和

她上墳時
從來不哭
但今天，她一個人，哭了
兒子又要南下打工
女兒難產，已於去年死在大同

祝 壽

她的頭髮花白
她的乳房耷拉了下來
她坐在板凳上，像影子一樣
和條几上丈夫的牌位
重疊在一起

前來祝壽的有兒子和兒媳
閨女和女婿
他們心照不宣，各懷心事

壓井旁放著蛋糕
大盆裡漂著塑膠鴨子
孫子和外孫女一起玩著水槍

陽光，在院外靜靜地流淌著
它無視，牆上的那張拆遷告示

狗剩他娘

她一陣陣地嘔吐
她不想進城
她舍不棄她的一畝三分地
更舍不棄一窩小雞娃兒
剛孵出
她兒子堅持了
還有兒媳

她看不慣單元房
看不慣有那麼多老太太
在社區的花園裡啥也不幹
她更看不慣兒媳
天天打扮得花枝招展的
像電影中的女特務

「等我咽氣了
一定要埋在南地
你爹的墳旁
千萬不要火、火葬
太嚇人了，咱家失過火

另外，另外
還要看好，看好你媳婦……」

病房裡的李狗剩哭了
他娘至死都不知道
他們早已協議離婚
只是想安心地送她最後一程

家 暴

送葬的隊伍很長
二妮夾在其中，只有哭聲
沒有眼淚
風吹起落葉和紙錢
只十幾分鐘，就到了墓地

二妮她公爹，死前
一直咳嗽，有人去看他
他就抓住人家的手
說什麼也不丟
人家說問他幹什麼
他就哽咽著說：「活不長了，
閻王、閻王爺，要來收⋯⋯」

第二天，二妮燒了她爹
所有的衣服和被褥
感到若釋重負
她又開始搽粉、看正大綜藝
穿那件有掐腰的紅毛衣

衝突爆發前毫無徵兆
小叔子掄起巴掌
就是一耳光：
「活著時不孝順，死了
也不知道吃孝！」

看著窩囊的丈夫
不放一聲屁
二妮憋了一肚子氣
去找三叔來評理
「你咋了？沒成色
看看，沒過頭七，
你就披紅掛綠，還有
還有誰都知道，你爹的存摺
縫在被子裡。」

何菊紅殺人事件

事 件

她像殺豬一樣放倒了他
回手一刀，就割掉了他的陰莖

民警來的時候
她還揮舞著刀，站在門口笑

民警本能地掏出了槍
對峙只持續了幾秒，就聽到槍響

半個小時後，才過來一輛
白色的車，把屍體拉走

附件一：閒話

說起菊紅姐，可死得虧
8歲就沒了娘，13歲又沒了爹
好不容易長大了，又遇到了

寶祿那個孬孫，那個孬孫呀，
不是個人，偷雞摸狗吧，還算個
小毛病，最可氣的，你知道不，
糟蹋小閨女兒，七八歲的，
再大一點的，他不弄。你說
氣人不氣人，他有個表叔
在北京，還給許世友當過
勤務兵，咱縣裡的人都沒法兒他
要不，早抓起來了。唉呀，
常在河邊走，咋能不濕鞋
這次不是遭報應了，菊紅
不是給他騙了嗎？這個龜孫
也真該死，怎麼連自己的親外甥女
也不放過，你想想，才6歲
將來咋嫁人？可惜了菊紅姐
不該這樣死！

附件二：刑警劄記

我確信，這是個意外
我太緊張了
手一抖，槍怎麼就響了

我是組織培養的
該向組織坦白
在卷宗，我已這樣寫了

但隊長說，你這樣寫可不中
哪來的意外？誰定的性？
你第一次辦案，已經相當不錯了

她殺了人，反正要償命
你還年輕，路還長著呢
不要多想，就按我說的定

附件三：卷宗

何菊紅，女，1958 年生
寶豐縣鬧店村人，農民
無前科。1987 年 10 月 7 日 8 時許
殺死其丈夫王寶祿，手段殘忍
被當場擊斃。

王寶祿，男，1957 年生

寶豐縣闊店村人，農民
有前科，曾因偷砍東風公社的樹
被勞教，曾因猥褻女童被判刑
1987 年 10 月 7 日 8 時許
被其妻何菊紅，殺死在寡婦
張翠英家中

民間故事

殺豬的李自明
睡了豬場王大慶的媳婦後
被抓了個現行
李自明哭喪著臉哀求道：
兄弟，要不你也睡了我媳婦？

一個月黑夜，李自明故意
在豬場醉酒，把自家的鑰匙
交給了王大慶

一夜相安無事後，似乎
形成了某種默契，四個人
心照不宣，沒人願意說透

就這樣，他們盤根錯節地生活了
好多年，風言風語傳出來的時候
連王大慶的老丈人都不信
直到電線短路，豬場的一場大火
燒死了李自明和王大慶的媳婦

多年後，我見過王大慶
和李自明的媳婦，他們都老了
佝僂著身影，在市區的四礦口
相依為命，以拾破爛兒為生

命運

他臉上被劃了三刀。
她被打折了兩根肋骨。

他從此離群索居，搬到了村外。
她並沒有離婚，五年生了三個女兒。

他一直未娶，直到
她變成一名軍烈家屬。

幸福，剛要開始，
就被一根落地的高壓線終止。

如今，他靜靜地躺在玉米地裡，
試著與過往的一切，和解……

戲 子

秋天來了
你吹笛
穿著寬大的袍子
在小樹林

我遠遠地
望著你
距離是很重要的
它產生美

冬天來的時候
你去衛生院
打針
你還穿著那件袍子
那袍子白得幾乎和雪
融為一體

我沒有聽過
你唱一腔戲
直到你跳井的那一天

母親說：「怪可憐的，

他是你表叔，

唱樣板戲時，被整得腦子出了問題。」

禁欲時代

他趕著一頭
一頭耗盡了情欲的大種豬
又回到了小路上

傍晚
有一種燒樹葉的氣息
透著土腥

他走著走著
就想起王寡婦的臉紅
王寡婦看到兩頭豬交配時的臉紅

他忽然哭了
他放下鞭子
他摸著自己褲兜裡的小手電筒
一邊蠕動著，一邊淚流不止⋯⋯

小鎮故事

鐵匠鋪裡，叮叮咣咣，
有人在打馬掌。
鐵屑四濺，落地後就變涼。
李媒婆像只鬥敗的雞，
一臉鄙夷地嗑著瓜子：
「你瞅瞅，就你那龜孫樣兒，
還想娶媳婦？算毬了吧，
是個醃臢菜，就看不上你。」

小夥計，不吱聲，
只是歪著頭，憋著笑。
有些羅鍋的王掌櫃，終於開了腔：
「去去去，你這張老鴰嘴，
嗑瓜子嗑出了個臭蟲兒——
你算啥仁（人）兒呀，
不就是少給你了那倆錢兒。」

「吆，吆，你站著不腰疼，
說得可輕巧，我不得給你美言，
還得替你跑腿兒，才花你倆錢，

你就捨不得？真是老鱉一！」

你一腔，我一語，
打馬掌的走了，鐵匠鋪裡依然
叮叮咣咣，後來
王掌櫃娶了李媒婆，
因為李媒婆守寡多年，人長得標緻。

小鎮美人

發白的牛仔褲，裹著
貧困的生活
在鄉村，我有過一段
淒苦的落魄

關於那段時光的記憶
曾被一條乾枯的河
反復延伸，它的盡頭
其實，只有我知道
站著你──

很多年了，你的髮辮
依然烏黑閃亮，很多年了
你的口紅，還殘留著
顫抖的炙熱……

關於生活，也許現在
比那時過得、過得更糟
在溫暖的城市裡，我感受到了
多少女人唇齒的冰冷？

已記不清

關於愛情，也許我們
還算不上，在小鎮
聽說你嫁給了老村長
後來，還跟他的侄子偷情

關於這些，都是一種傳聞
其實，我們去年見過
在集市的一角，你開著
帕薩特，一個勁兒按喇叭
我的餘光，掃過你不安的眼睛

愛情

不管多麼不情願
他還是
在 1985 年的星光照相館裡
照了張合影

愛情，就這樣走進了墳墓
他知道
不是他們之間的愛
他們之間，只有父母的威逼

他不冷不熱
時間長了，她以為他有病
後來，發現了箱底
有一張女人的照片……

她買口紅
她買雪花膏
她買高跟鞋
她還買城裡女人戴的白乳罩

他把持不住有了老大
她把持不住有了老二
而老三，無所謂把持
精誠合作

有段時間，他們如膠似漆
有段時間，他們相看生厭
而後來，還是因為那張照片
差一點離婚

再後來，是井水
不犯河水，同一屋簷下
兩個涼被窩兒
折磨與被折磨

現在，他們都老了
似乎生活，已把一切磨平
他開著三輪車去趕集
她換了一身衣服，趕緊坐在車後

獸醫站裡的故事

在獸醫站的單身宿舍裡
胖嬸一邊炒菜，一邊吵著強叔
「你真不如一頭暈死，存摺放哪了
都不知道，馬虎蛋，啥記性？」

強叔低著頭，一邊抹桌子一邊聽著
收音機：今夜許昌地區有零星小雨
預計明天多雲轉晴。「你咋不接
我的話，你這個豬精？」

強叔盛飯，喊屋內的學生。他坐下
剛吃幾口，就覺得頭暈
他站起身，搖晃了幾下，就倒在了
地上，從此就再也沒起來

開追悼會時，人們見過胖嬸，瘦了
許多，領著兒子，一句話也不說
後來獸醫站解散了，她嫁給了一個礦工
至今還生活在五礦旁邊的校尉營

謠言

風吹散了橋上的塵土。
河流在消化著兩個女人的好奇。
「聽說是跟一個小爐匠跑了。」
「不會吧，前天還見她去趕集。」

「成天搽脂抹粉，那像下地幹活的樣兒。」
「人家會幹那活兒，就行。」
兩個洗衣服的女人，吃吃地笑了起來，
笑聲幾乎驚飛了樹上的小鳥。

「春志嫂，你這是來幹嗎？」
小寡婦和小爐匠都有些臉紅。
「我們想來登記，結婚……」
「來，快坐下，婚姻自由，別害怕。」

「我說過的，政府會給咱做主，
光明正大的，你怕啥？」
「我不是外鄉人嘛，怕春志他家……」
「當初要不是你渾，我咋會嫁給這個短命鬼！」

生活的故事

他賭博，在村西
和一個叫王春花的寡婦
鬼混

她在村東的毛巾廠
一天六塊錢
打零工

他不管地裡的活兒
更不管家務
連孩子上幾年級他都不曉得

她不言，也不語
一昧心思地想著幹活
她髮辮烏黑，紅頭巾怎麼也包不著

1983 年嚴打時，他被抓進監獄
她去看他，帶著他洗淨的內衣
一點淚也沒滴

他五年後出獄，發現一切都變了
她竟然也描眉、塗口紅、燙頭髮
過著王春花一樣的生活

在一股恥辱中，他強暴了她
她掙扎，她迎合，然後
如釋重負地說，咱們離婚吧

信 仰

他是聾子
他是瘸子
而他，是瞎子
他們如河灘上的石頭一樣
被退卻的洪水晾了出來
他們在人群中時，沒覺得
不同，他殺豬殺了三十年
他彈花彈了一輩子
而他，算卦算了四十載
他們現在，一起坐在教堂裡
畢恭畢敬地聽著牧師
講《聖經》
生命真的好可憐又好偉大
一束光線照著他們
如照見天堂

1968 年的政治事件

長河伯三代赤貧，家裡全是文盲
被要求背《語錄》時，勉強學會了
三個字：毛澤東

長河伯為此驕傲過
他在人前，不止一次地顯擺說
我總算認識偉大的領袖了

1968 年，他去學校挖井
第一次見到了，漂亮的女老師
在辦黑板報

晚上，無人的時候
他禁不住手癢，就在黑板上
工整地寫下了毛澤東

第二天，整個學校
都被民兵包圍了，老校長和女教師
嚇得面如土灰

「打倒毛澤東，階級敵人的氣焰
是何等的囂張！」
領頭的人很生氣，群眾很義憤

第三天，長河伯滿臉是血
站在檯子前，成了罪大惡極的反革命
當場，被判了十五年徒刑

1987 年的時候，長河伯還活著
他逢人就說，打倒那倆鱉孫字
我到現在也不知兒咋寫

雪睡熟了

在夜色中，雪睡熟了
田野睡熟了
村莊睡熟了
人民群眾也睡熟了

睡熟的還有地主崔有亮
牆上的大字報、被扒了一半的老祠堂
以及似海深的階級仇

「你想想，崔有亮被鬥死了！
拉到西地埋的時候，聽說還有一口氣兒。」

雪融化時，一切都醒了
地裡的莊稼，換了一茬又一茬
好像什麼也沒發生

沉 船

祖墳被挖了
家廟被扒了
還有什麼舊沒被破？

灰濛濛的天空下
一隊紅衛兵過河
「你們是作孽呀！」
船走到河中間時，撐船人說。

「老不死的，你想造反！」
有一個紅衛兵大聲吆喝。

「我走過的橋比你走過的路還多，
什麼蹚將、國民黨和小日本，
啥沒見過，還怕你們這幫兔龜孫！」

船在打鬥中突然翻了
河水動盪一陣後，變得沉默

河水知道許多故事的結局

命 運

「天要收人，
活著就是受罪……」

他拖著一條腿
蹣跚在街道上
仿佛聽見
一個命定的聲音

戴高帽子、遊街、跪板凳
在檯子上互扇耳光
他已受夠了，受夠了
仁義禮智信
怎麼就成了吃人的儒教？

破舊的村莊
破舊的小河
他拿出一把鋒利的刀
含淚砍倒了
他心愛的女人和孩子

他偷了十斤柴油
留下了一個借條
在夜裡把他們仁點著
他覺得夜裡沒有牛頭馬面
他們在白天已折騰累了

「天要收人，
活著就是受罪⋯⋯」

批鬥會

他吐了一口血
批鬥他的紅衛兵們
顯然嚇了一跳
台下的群眾也有點懵
一切仿佛要停下來
告一段落

「披著人皮的狼，決不要
對階級敵人，心慈手軟！」
不知誰喊了一聲，群情
又開始激憤

他被一腳踢下檯子
頭朝下，再也沒有起來
踢他的，據說是他親侄
只因早年分家時，少給了他家
糧票三十斤

多年後，批鬥他的人
大部分都死了

活著的，都說
他侄子太狠了
簡直就是畜生

因 果

「崔有亮被鬥死時，
連鞋都沒穿，
挺可憐的。」

「婦人之仁。
有啥可憐的，幹革命
就要六親不認。」

「別忘了，你也姓崔
太過分了，會有報應。」

窗外的桐樹
聽著聽著就流淚了
只有它曉得天道輪回
十天后的他，將被鬥得
走投無路，一頭攥進淨腸河

活著

宇宙是活的
星辰是活的
山川是活的
河流是活的
莊稼是活的
村莊也是活的

活著的，其實還很多
欄裡的牲口，圈裡的豬
煩人的蚊子和老鼠……
當然，當然還有 1950 年
站在橋上，準備自殺的地主崔自修

逃 婚

岸上有蟬
河裡有死豬娃兒和爛菜葉

她緊閉嘴唇
她的臉有些發瘀
她的髮辮散開
形若漂浮的藻類植物
她的的確良襯衫
已被泡得遮不住她的發育

公安局來的時候
人們已找到了她喝剩下的農藥
她的母親已哭得死去活來

這是很久以前
發生在西寨河的故事
河水東流，不舍晝夜
它不記錄，也不悲哀，
這人間的無常

軟弱的羊

羊跪了下來
宰羊人有些手軟和遲疑

羊望著寒光閃閃的刀
突然站起了身
一下子牴倒了他

宰羊人被激怒了
他爬起身，又掂起了刀

他看著羊
羊看著他

小羊不知所以然地嚼著草
偶爾咩咩，叫兩聲

拾荒的老人

藍布衫
包著一把老骨頭

她蹣跚著
在寨河上拾荒

大人見到她
給她水喝

小孩見到她
就喊她地主婆兒

「真主呀，老而不死
惹人厭。」

沒人知道
這是她最後的祈禱

來自西伯利亞的寒流
正帶著一場暴雪襲來

河邊唱戲的老人

曲終沒有人散
那個獨自唱戲的老人是憂愁的

我站在河邊，腰都酸了
我害怕的，是她想不開

我是那麼憤怒
想去斥責和她吵架的人

什麼賣玉米的錢、分給閨女的地
但有一刻，我看到老人哭了

「主呀，請饒恕我的偏心，
我的錯，誰讓閨女離婚了。」

她祈禱時，銀髮一閃
一道光怎麼就照亮了我的淚

苦難經

她張開了嘴。
她說，她要微笑著，
去見燕子她爹。
床前的人，
都哭了，知道這是大限來臨前的
迴光返照。

她有子女，但現在
全都不在身邊──
大兒子，讀過書，跑到了臺灣；
二兒子，革委會頭子，
78 年，去新疆服刑後，
就沒了音信。

還有小女兒燕子，
原本一直陪著她。
不想一月前，礦上瓦斯爆炸，
她救援時，掉進了礦坑。

沒有人，敢在她面前，

提燕子的事情，仿佛要饒過她

讓死亡慢一點剝開，

它最後的一層⋯⋯

浮 世

暴雪壓塌了羊圈
小羊被凍死了
母羊咩咩地叫了一夜

第二天中午
我欣喜地吃完一盤餃子後
才聞到了自己的膻腥

咩咩咩，咩咩咩
我仿佛又聽到了母羊的叫聲
孤單而力竭
在這個薄情的人世上

殺 狗

破屋子裡，主人拿著刀
狗在不停地發抖

路人說，放了它吧
看著怪可憐的

主人說，你出錢
買了它

路人翻翻口袋
說沒帶

主人說，裝什麼好人
看你那熊樣

路人怒了，和主人
吵了起來

那條狗，突然沖了出來
對著路人一頓狂咬

畜生，就是畜生
千萬別把它當人！

野 狗

站在我家的大門口
雪地上
它顯得那麼髒

母親餵了它一小塊饃
它就興奮地搖著頭擺著尾
我拿起大掃帚，準備掃雪
它卻猛地往後一蹲
轉身就跑

過了好一會
它看我是掃雪，又跑了回來
眼裡流露著疑惑和親近
渴望愛，怕傷害
這一點，和我們人是多麼相同

鄉村奇事

一頭正在吃糠的豬，
望見一個掂刀的人，
撒腿就跑。

驚慌中，它拱翻了食槽、
自行車，還有那個
倒楣的陌生人。

它在玉米地裡躲了幾天後，
餓得實在不行了，
就又跑回了自己的窩。

主人欣喜看著它，
給它端來了白饅頭，
它聞了聞，卻一個也沒吃。

「要不是那頭豬，
我早殺了她，
薄情寡義的騷貨！」

「婚姻自由，你知道不，
強制就犯法，
何況，你還想殺人？！」

口供錄完後，
這事，就傳遍了寶豐縣，
一頭豬救了它的主人太稀罕。

年 關

風刮得很厲害。
沒有夢，我一閉眼就看到自己
身首異處
被掛在鉤子上

院子裡，還結著冰。
我的血，還在盆子裡尚未變冷。

主人請的師傅，還在罵我
最後的抗爭
「這傢伙，一彈撐，弄我一身。」

零星的鞭炮，在遠處炸響。
春節說來，就來了，
我望著刀、叉、鍋等兇器，
感不到一點兒喜慶。

我的一生是如此煎熬，
困厄再多，終究要解脫……

杜家廟

它是恐懼的源頭，
一個打棺材的木匠曾把它當作倉庫。
那個木匠腿瘸，曾娶過
一個漂亮的女人。那個女人後來
跟人跑了。木匠從此鬱鬱寡歡。
他一喝醉就打她留下的那個女兒。
那女孩 12 歲時，突然墜井了。
有人說是失足，有人說可不見得，
那瘸子怎麼能生出那麼俊的女兒。

杜家廟的風水一直不好，
直到幾年前的某個夜晚，
伴隨著瘸子淒厲的叫聲毀於一場大火。

女流氓犯

宣判的時候，她站在人群的對面
五花大綁，頭髮散亂，頸上
纏著一條飄逸的白圍巾

我驚詫於她的美，又感到納悶
大熱天的，怎麼圍著圍巾？

後來，她被槍斃在南地
七叔說，圍著圍巾是因為
她的脖子上還勒著一根細鋼絲
不讓犯人臨死前亂說話

拆 廟

三個制服，拿著槍
一群襤褸
磨磨蹭蹭

他媽的，快拆！
湯司令等著用木料
建工事

炮聲突然響了
接著是歡天喜地的腰鼓
解放了

幾個紅衛兵
揪著阻攔的老和尚
誰阻擋革命，就革誰的命

誰也沒料到
老和尚真的
自焚了

一股青煙，圍著雕花的梁
就是不散
這可嚇壞了在場所有的人

那個叫張麥的女人

她的一切被一次腦梗封存
被一片荒草掩去
但北汝河見過她
見過她曾救過一個國軍
血滴在她旗袍上，如臘梅花
開在白雪上

抗戰勝利後，有人興奮得放鞭
而她卻皺著眉頭，心越來越痛
她去過開封，跑過南京
揣著一塊美式懷錶
再也找不到蘆葦蕩裡的笑聲

後來，後來她就扔了懷錶
對所有的軍人保持警惕
依媒妁之言，父母之命
嫁給了一個年輕的富農

再後來，就是革命，革命
再革命，戴高帽，挨批鬥

在過山車般的折騰中
苦相守……

當然，當然他們也有
愛情的結晶
1940年代生了我媽
1950年代生了我舅

知青党愛紅

我被天邊的落日充滿
我化解我的痛苦
只用我的淚
這小河，是多麼清澈
它流向稻田，和更廣闊的天地

我厭倦了這裡的靜謐
土坷垃旁的牽牛花
和糞堆上的野向日葵
我更厭倦了這沒圍牆的廁所
以及挨著豬圈的宿舍，滿是蒼蠅……

唉，夢
上山下鄉，口號裡的激情
已變成暗淡的豆油燈
我曾幸福地哭過
像極度顫抖燃燒的星辰
如今，只剩下灰燼

該返城的，能返城的

不都返了嗎？萬物含霜
百花凋零，我的青春
難道只剩下痛經？

再為牲口撒把料吧
它們忠厚、無辜，多像我的理想
曾被一根繩子
拴在漚了芯兒的樹樁上

通靈者

我看到的死，疊起來能把一座嶺
壓成坑。我厭倦了，就足不出戶
閉著眼睛。有人說我是裝神弄鬼
王寡婦、薛郎中和徐禿子，哪一
個，不是死於非命？

幾百年了，我目睹了太多陳舊的
魂靈，有多少個不為人知的即逝
就有多少個光明正大的永生，但
我厭倦了，厭倦了這無限的時光
故國和眾生……在迴圈的秘密通
道裡，我渴望超度一個亡靈，並
和它一起，化成一陣風。

觀世音

我剁下我的手
我剜下我的眼
你是我的父
我要把一切奉獻

我失血後，會嘴唇發紫
周身變冷
一朵蓮花會引領我
死，不過是一種旅行
像鳥兒的遷徙

我留下的，不會多
也不會少，我的肉身
會長出千手和千眼，把我
奉若神靈的，神靈自然
就在你心中

雨

雨是爛菜葉
漂在水面上

雨是女社員
忙碌在田埂上

雨是黑狸貓的爪
踩在瓦楞上

雨是一個窮人的眼淚
滴在布鞋上

雨還是一陣槍聲
穿過舜王廟後的玉米地

雨在今晚什麼也不是
它只是雨

我聽見有人在廢墟上喊
「救救我，救救我。」

第五輯　民　國

鳳與凰

鳳一鬆手
梅花，便落了下來
落到她的旗袍上
星星點點

凰騎馬歸來
凰摘下長刀和手套，摸鳳的臉
梅花，就落到了
凰手裡

鳳甩水袖
凰拋媚眼
折子戲裡，只有梅花在醉酒
槍炮在響

民國落幕後
凰活在鏡子裡，看見梅花就流淚
鳳葬在梅樹下
還嗅著一縷她當年的手香

饑 荒

枯葉借著我的眼睛復活
它看到蕭瑟的天，荒涼的原野
和六神無主的河
它看到瘟疫在村莊裡四處蔓延
帶走羸弱的身體
留下親人的眼淚……

1942 年的暮秋，花園口
已決堤，一些難民滯留在村口
一些已餓死在馬蜂溝

甲子年記

萬物蕭條
山河動盪
在南方，孫中山鬱鬱寡歡
在北方，袁世凱蠢蠢欲動
而在中原，盜賊猖獗
民不聊生
有一布衣，名曰白朗
率眾揭竿而起，攻城掠地
橫掃五省，後兵敗寶豐
歿於虎狼爬嶺

李灣

儘管一條乾涸的河
穿過你，並沒有留下什麼

但曾有的河水，會像血液一樣
記下肉體、靈魂和意識
記下一個革命黨人，在你的懷裡
倒下，高呼
自由、民主和平等

匪 事

民國四年，太陽鮮烈
馬匹激昂，一隊運軍火的兵
突然，就遭了殃

又一年，冷風洗著雪野
黑壓壓的兵，圍了
鳳凰嶺，兩天半

投降的土匪，多半保住了命
只有一個被點了天燈
死前大罵袁世凱，毀了大清。

民國遺事

他被槍斃後
葬在了他師父的墓旁
埋他一半骨灰的
只剩下她和他們的師弟

她想去中國
看他故鄉的桃花和淨腸河
在 1942 年的黃昏
她踏過一個幽長的小巷
走進了一個院落

她跪拜他的母親
然後，給他的妻子斟茶
接著供上骨灰
說她已懷上了

所有的人都懵了的時候
她又換上了和服
端坐在正堂
用毛筆寫出了他的墓誌銘

舒同君，卒壬午

亨而立，興中華

去東瀛，憤學醫

技精湛，立翹楚

中日惡，烽火起

戰華北，有將戕

肝碎裂，求縫合

歎舒同，意志堅

欲報國，切其髕

遂殞西……

妻　碧淑

妾　井上芳子　泣書

民 國

改朝換代就是一張告示
面對目不識丁的民眾

杜老太爺笑了
杜老太爺說，捐，咱們捐大洋

新來的督軍，只帶來一張委任狀
待修的老街上依然晃悠著舊官僚

旗子換過之後，辮子也剪了
杜老太爺似乎更精神了

據說，他唱戲出身的三姨太
生了個女兒，很像督軍

解放後，杜老太爺吞大煙死了
三姨太跑到了臺灣，成了梨園名伶

柳三娘

她被救時，嚇得半死
紅蓋頭還搭在驢身上
她先看到長長的槍，接著是
高頭大馬和軍裝

她想死。衛生員解開了
系在她脖子裡的褲腰帶
衛生員一邊擦著血，一邊安慰說
別怕，那幾個土匪已擊斃

她被臨時安置在一個破廟裡
部隊說走了，就開走了
她左等右等，等來的卻是
一張無情的休書

她哭了又哭，發誓再也不哭
就變賣了嫁妝，買了幾把槍
她盤起髮髻，鳳凰嶺上一立
轉眼就成了魯、寶、郯最大的蹚將

杜十三

他留過洋，在上海當記者時
翻譯過《資本論》

他去過延安，看到黨中央
輪番批鬥王實味後，就跑回了開封

他當過大人物的小秘書，在軍管會
後因，私放一個舊軍閥被開除

他坐過半年的牢，在許昌
土改時，說了很多同情地主老財的話

文革時，他被打成了現行反革命
在鬧店拾糞，一直拾到 1978 年

1980 年，他被凍死在林場的倉庫裡
頭枕著兩本《毛澤東選集》

陰陽先生

他戴著老式墨鏡
手拿羅盤
即便是民國了
還留著長辮

他是前清舉人
熟讀《易經》
通曉《奇門遁甲》
陰陽八卦，樣樣皆精

他沒有親戚
醉了，就和鄰居王鐵匠
理論嵇康
說：「叔夜這匹夫和你是同行。」

解放後，他一下子沒了市場
「新事新辦，死人
就像死一條狗！」因為這話
他被農會叫去了好幾次

1959 年，他偷偷跑回潢川
上墳。有人說他餓死在老家
有人說他病死在路上，社會主義
即將超英趕美，哪會餓死人

餘 藩

雨洗著瓦楞，簷下
鴿子咕咕地叫著。
天陰黑陰黑的，餘家廟
一個臨時學堂內
你默默看著豎排的古書
讓一個沉思良久的念頭，壓彎了
剛剛發芽的桃枝。
你已經見過她了，雖然只有
兩次，但每一次
不都讓你心跳加速嗎？
你想到了第一次時的那個廟會
那戲臺上的水袖，和她
卸妝後素雅的旗袍……
你心動了，因為你知道
你發現了美。
第二次，你被父親
痛打了一頓，在許昌
不知名的小旅館內
她來看望你時流著淚，你不是
握過她的手嗎？

是的，回憶，一把虛無
痛苦中的痛，已不知痛！
小姨又來，還有她的丫頭
小宛，父親總這樣
硬的不行來軟的……

二 鳳

不中用了，不中用了
我已經老了，沒有人
能記得我了，就像我不記得
我曾叫二鳳，人生真的
像戲文裡唱的，如夢一樣
看我臉上的皺紋
和手上的老繭
誰還能記得我呢，那個餘藩
公子哥兒？還是樊鐘秀
那個在許昌被炸死的將軍？
一切都太快了，快得就像
不是真的，像王寶釧
在寒窯裡十八年，我只用了
一折就把它唱完。
唉，老了，真是老了
趕不上形勢了，聽說
毛主席也聽戲，只可惜
可惜我太老了，成分
也不好……都怪那個死鬼
遭天殺的把我搶過來──

算了吧，那已經是
四十多年的事情了——
他也挺可憐的，被日本人
挖了一隻眼睛，後來又被人民
政府槍斃——他其實對我
挺好的，從來就沒有動過
一根指頭，只是那方面
太強烈了，讓我受不了
又想著他⋯⋯
人的一生，真不容易
那麼多困苦，那麼多無奈
唉，過都過來了，不去想了
不去想了⋯⋯

為先人畫像

一束光，帶著它自身的光亮，
照著你烏黑的頭髮和面容。
你是那個年代的女神，
被母親描述得，讓我也快成了
你的粉絲。

關於你的資訊，
破舊的家譜，曾有一段記述：
「鄧陳氏，有殊色，
秉性異，卒腸疾，
享五十。」

而關於你的傳說，
早已被文字插上翅膀。
是俠客，也是土匪，
影視劇中，還和吳佩孚
扯上關係……

每一束光，都有
自身的光亮。被時間掐滅的，

都會被親人的記憶
點亮，儘管清明節，
你的草墳，早已無處可尋。

闆店往事

他從紅薯窖裡鑽出來，
一刀就殺了那個日本兵。
春葉嫂看到血，就暈了過去……

三年後，他被遊街。
村裡的保長說，他是江洋大盜。
他的頭值很多銀元，除非——

春葉嫂說著，就拔下了髮簪。
保長會意地笑了。保長解下腰上的
盒子槍，關上了門。

剿匪時，他又被抓來遊街。
槍斃前，春葉嫂去農會為他伸冤。
春葉嫂說他是抗日英雄殺不得。

農會的人，聽了不信。
他們最後，真的在春葉嫂的後院，
挖出了那個日本兵。

事情被無限放大後，他真的
成了英雄。而春葉嫂自此就落下了，
一個被日本兵糟蹋過的壞名。

前 橋

從寶豐到鬧店，必經前橋
三爺說，讓我再喝點酒，壯壯膽
那裡地邪

那是 1942 年的一個夏夜
土匪們只放了一炮就炸開了城牆
三爺趕著牛車
一口氣就跑了十五裡

最終，東家的小姐
還是遭了殃
三爺挨了好幾槍，死裡逃生後
就叫來了幾個好兄弟
和土匪對抗

1950 年，正在地裡幹活的三爺
突然就成了階級專政的對象
被槍斃前，他只嘟囔著：
小姐，你怎麼也來了？

三奶說，前橋就是地邪

那小姐已死去多年

仇 恨

雲彩血紅
她破膛後被吊死在寨子外
仇老三大罵畜生
向寨牆上開了三槍

經歷一段可怕的寧靜後
就響起了炮聲
月亮升起來的時候
寨子就被破了

土匪並沒有挨家搶
他們騎著馬，掂著崔老六的頭
站在大街上嚷：
冤有頭，債有主，
只殺崔老六家十四口

天濛濛亮時，下起了小雨
血稀釋著仇恨，漸漸流入排水溝。

「可憐呀，一家十四口，

連三歲的孩子都不放過。」

「唉，仇老三的女人不可憐？

已有四個月身孕。」

三姨太（一）

花容失色。她尖叫一聲，
就倒在了小路上。
白花花的大腿，就露出了
窄窄的旗袍

「打蛇，要打七寸。」
小裁縫掂著蛇，麻利地把它
扔進了草窩兒，一場虛驚，
平復於一陣嬌喘。

「快扶我起來，地上涼。」
他握她的手，很輕，然後緊。
三姨太笑了，「還挺害羞，
沒碰過女人手？」

寬敞的院子裡空無一人。
樹上有幾隻麻雀，若無其事地叫著。
三姨太款步向前走著，
她扭動的腰肢，恰似一朵盛開的罌粟。

三姨太（二）

盛怒之下，三姨太拿起皮鞭
說起了家鄉唐山話，大家
面面相覷，不敢吭聲

春妮放下參茶，就想離去
三姨太啪的一鞭
就抽到她的臂膀上

「偷腥，都偷到老娘床上了。」
三姨太說著，扯出一件紅肚兜
惡狠狠地扔到了眾人的面前頭

「這是哪個浪蹄子的小兜兜兒
想發騷，就去城裡的萬花樓，
別在老娘這裡耍計謀。」

春妮委屈地低著頭，手臂上的傷
開始火辣辣的疼，她想著生病在床
急需救治的娘親，只能默默地忍受

三姨太（三）

看日出看日落，看長河百轉千回後
又流到了一起，
她在他懷裡哭了。

他撫摸著山岡、河谷、青草和流溪
像回到了出生地。

她覺得她就是泥土、田野和春天
她草木旺盛，雨水充沛，像花兒一樣開著……

三姨太（四）

誰會把草菅當成性命？
那麼多人，餓死在馬蜂溝

他們的屍首
像死狗一樣歪在地上

「不會讓人埋了他們。」
車中的三姨太哭了

從開封到葉縣
她一直捂著鼻子，眼發酸

「這可是大饑荒，還有，
日本人快打過來了。」

「世艱變倏忽，
人命非可常。」

三姨太忽然覺得
這人間道，並非她戲本裡所唱

仇三爺

螞蚱亂飛
落日隨著玉米地一同潰散
仇三爺跑累了
就把女戰士放到了地上

「媽的，今天老子人少，
要不然，跟他們拼了。」
仇三爺扯掉袖子，為女戰士
包紮傷口

女戰士緩緩醒了過來，
溫情地看著仇三爺
「謝謝，謝謝你了，老鄉。
你是蹚將吧，為何救我？」

「老子是蹚將，不假，
但也容不得日本人
欺負我們的娘們兒！」

關於仇三爺的一切，1944 年後

音訊全無。有人說
他參加了八路，成了抗日英雄
有人說，他圖謀不軌
被女戰士一槍打死

漢奸高傑三

他的身子
被打成了馬蜂窩
像一截樹樁，漚了芯兒

他的肚子乾癟
像好幾天
滴水未進

有人可憐他
就拉張破席
蓋住了他
裸露的下體

有人痛恨他
就剁掉了他的右手
拿去
餵狗

他其實就是個
混飯吃的老人

民國時給袁世凱扛過槍
日偽時被迫當過幾天的保安團團長

男旦白媚生（一）

風擺楊柳，緞子鞋蕩起塵埃。
她咿咿呀呀，故作媚態。
「西湖又瘦了一圈，我的郎君呀，
怎麼還睡在書館？」

觀眾都是他帶的兵，坐成兩排
他在台下喝彩，興奮時
就大把大把地賞銀元。
「這個瓜娃子，扮相咋這麼俊！」

散場時，有一馬弁就送來了鮮花
和請帖，班主遲疑地看了看她，
又看了看門外列隊的士兵。
「苦呀，有道是人生如戲⋯⋯」

事畢後，他飲酒、調笑，
和她說起《桃花扇》中的李香君。
她施粉、描眉、弄包頭，
再一次穿好杏黃帔。

「小奴家年芳二八，正青春，
我本是女嬌娥，又為何被鎖進
男兒身？悲呀——」她清唱，站在陽臺上，
仿佛樓下，有千萬個熱情的觀眾。

男旦白媚生（二）

霜葉紅透
輕寒如浸

戲樓上
她嬌羞含嗔
甩著水袖
讓嗓子裡的兩隻黃鸝
鳴醉了翠柳

炮火還響在城外
二胡照常拉起
「商女不知亡國恨」
她偶爾會停頓下來
望著台下，空無一人的戲場
發一下呆

活 埋

柳月蓉又叫又罵，在祠堂裡
面對著列祖列宗
龐老爺把手一揮
有人就用破抹布堵住了她的嘴

她被架出來時，披頭散髮
嘴已被打歪，睡過她的男人，
都覺得可憐，沒睡過的
都覺得可惜

「瞅瞅，這樣的騷 X，
早該被弄死，喂狗狗都嫌腥
想跟誰睡就和跟誰睡，
看她活色得，還想睡自己的侄兒。」

柳月蓉被活埋的第二年，龐大少爺
突然瘋了。他割掉了自己的生殖器
煮煮吃了。他笑著對龐老爺說，
龐大善人，我讓你斷子絕孫！

河 邊

她在河邊分娩，張著腿，
無助地望著兩隊人馬在廝殺。

他五花大綁，沖著河水喊：
二十年後，爺爺又是一條好漢。

她癱坐在河邊，捧著兒子的頭，
血順著指頭流進她的袖管。

她活到 1953 年，
是魯山年齡最大的蹚將。

她說，我早就活夠了，什麼政府，
也不過是外甥打燈籠——照舊（舅）。

行刑前，她要求站在河邊，
她兒子當年倒下的地方

她望著河裡的浮萍，
左一下，右一下，不停地擺……

革 命

隱隱作痛
他有些胃痙攣

那名單，他只看了一遍
就草草簽了字

萬物蕭瑟，1948 年的秋天
一群人，被一陣槍聲抹去

很偶然，又是胃痙攣
又一個他，也草草地簽了一個字

1953 年，新秩序需要用一些血來祭
一群人中有第一個他，背插亡命旗

唯物主義，不信因果
但事事總在輪回

1966 年，沒人再簽字
一張大字報，就是最後的判決

這個他，據說是一頭攢進了糞坑

「自絕於人民，結束了罪惡的一生。」

紅槍會

把我定義成邪惡的人
內心本就存在著邪惡
在這兵禍四起，盜匪猖獗的時代
黑與白，哪有明晰的界限？
要說我的小出身，白蓮教
義和團，還是可圈可點
怎麼到了寶豐，就和蹚將
混為一談？入會的儀式
其實，很神秘
開香壇，吞符咒，點穴位
授氣功，強筋骨，衛家園
所有的經都是正經
而念經的，是否都把它念歪？
跟著王文成和路黑山
做的孽，怎麼就一步步
走向了團滅？

早春的刑場

迎春花還未開
人們一窩蜂地擠向了菜市口

他和她，從刑車上走了下來
喧鬧的人群，突然變得出奇的寧靜

他沒有喊口號，她也沒有
他們好像累了

槍響之後，驚飛的
只有幾隻，覓食的小鳥

死就是死，一頭倒地，不再動彈
沒有偉大，沒有渺小

「年輕輕的，該都還有父母……"
人們伴著惋惜，四散而去

暮雪（五）

雪一點一點地變厚
在延緩著暮色
大地赤裸，猶如樹上一個
孤零零的老鴰窩

他躺在乾枯的河溝裡
身上全是血，疼痛來自於
一隻手，被另一個死屍壓著
他掙扎，無望地蠕動，像條卷葉蟲

他不記得是怎麼倒下的
意識中，只有一個刀疤臉
在踢他的頭……暈眩
暈眩中他看到了雪花

多麼美的雪花呀，像童話裡的夢
多麼美的天空呀，像打開一道門
他感到冷，一陣陣的冷
直至雪花像白布一樣蒙上他的眼睛

暮雪（六）

雪細細的，如過篩
落在閣樓上，三姨太悵然地
望著遠方

外白渡橋遠了，吳淞口遠了
近的只有孤寂、四合院
和一群咕咕叫的鴿子

她不理解，戰爭怎麼就打響了
空襲的警報、恐慌的人群
以及如潮的難民⋯⋯

一切還停留在電梯裡的一吻
一切都醉了，隨著搖曳的燈光舞
留聲機裡旋轉出酒精黏稠的度數⋯⋯

風一絲絲地侵入她旗袍帶毛的袖管
春夢了無痕，一切真的就這樣結束了嗎？
一陣急促的槍聲，旋即打斷了她的思慮

紅蕚女士

你的荒誕，來自你的本性
形如你的天真，刺破
長夜的猙獰

在未來的花園裡
我找不到你的夢
只有圪針，紮破了的手
痙攣般地閃過
魯山的街頭……

我只能靠想像
強化著你的旗袍
你的口紅
你婀娜文字背後的笑靨
直到，時間撕下面紗
露出，你長著鬍子的
尊容……

二十世紀初的一朵花
就這樣飄落在周作人的眼中

「呵呵，玉諾君，你怎麼
連我啟明也蒙！」

鄉人王寶義

只有流逝帶走流逝
太多的謎團，已沉入
時間的水底
你出生在民國或晚清
已無從查起，但你的槍法
很准，在小磨山當過土匪
你像一部驚險小說中的人物一樣
突然就出現在開封
街上行人稀少，到處是巡邏的
憲兵，兩張通行證就是
兩張，貼著死神的門票
你的腳步輕快，趟起
山陝甘會館內的
一片靜寂。在院子的盡頭
一間客廳內，你們終於見到了
吉川貞佐。沒有阿諛
奉承，你們二話不說
掏出槍，一陣狂射
一霎時，所有的人都變成了
馬蜂窩，然後，喝一杯壓驚茶

彈了彈身上的灰塵
大搖大擺地離去……
這聽起來，好像如今的
抗日神劇，但這是事實
因為吉川貞佐
是日本天皇的外甥，新聞
曾轟動一時。

1940 年的牛子龍

這一切太緊張了，我們需要
放鬆。在許昌的小酒館裡，
我們要了四斤牛肉，並喝了
兩斤龍興酒。

世道太亂了，到處是槍聲，
以暴冶暴，並非我的本意，
但我找不到更好的途徑。
殺戮成性的人，得有報應。

籌畫了近半年，這次行動
還算天衣無縫，秉一太機智了，
而寶義，笑著自比秦舞陽，
可惜吉川貞佐不是嬴政。

我樂觀時覺得，這刀尖舐血的
日子，很讓我受用
而焦慮時，又覺得
這樣的生活，何時才是個頭？

退隱，為什麼會有退隱之心？
那段教書的時光多美妙！
還有，還有藍河的水是多麼靜！
我多想了卻一切，回到北地捉捉螢火蟲……

1934 年的任應歧

卸下黑暗，全都是光明
但我看不到了，死就是
烏黑的槍口，如一道懸崖
橫在眼前。

受傷的腿還在發顫，水，黑暗中
沒一滴水，這地下室的塵土
這樓上徘徊的腳步，這白茫茫的
北平，就是一個牢籠

我的故鄉還好嗎？魯陽城
東關的羊雜克湯，西關的攬鍋菜
張良的生薑……這些，這些
都是褪色的夢

死，不過是死，有什麼恐懼
就像在黑屋裡，吹滅一盞燈
就像你在沙河裡，再也看不到
我逮魚的身影

1930 年的樊鐘秀

當飛機在許昌投下死亡，
我的影子，開始和一隻小鳥。
奔走。生命總要告別，
像一次旅行，而這次，
我要撇下，我肉體的行李。

我的一生，就是一場縮微的
民族復興夢。從刀客到軍人，
再從軍人到將軍，是良知
一步步讓我知道了天下為公。
所謂道義，自在人心。

現在看來，南下不是我
一時的衝動，不止為了救孫文，
我還要救民國，時世
太亂了，但它已為我塗上了
英雄的底色。

生旦淨末醜，舞臺
就在腳下，我們扮演著別人，

也扮演著自我，沒有謝幕
就成不了看客，哪怕劇情
一眼就看穿⋯⋯

怎奈醒來還是陣陣的炮聲，
小商橋下，水聲嗚咽，
似乎知道不幸要發生。
我去了就無須挽留，放下
生之重，我的靈魂是多麼輕！

1912 年的王治軍

你的死，是一次
天真的意外。
你要為自己的外甥崔琦，
在未來留下更大的名聲。

現在，你走在鄧州的大街上，
一場演說，即將點燃
你如火的激情。帝制早已壽終，
何來遺老重蹈滿清的舊風？

公議會上，人頭攢動，
掌聲卻寥落如星。再尖銳的
呼喊，也不過是耳鳴。
麻木的看客們，不會醒。

一場殺戮悄然來臨時，
無須驚飛的麻雀
你倒下，甚至還沒弄清，
革命，原本就有暴力的屬性。

扶桑的櫻花開不在你的家園，
故國的春風裡，只有淨腸河
為你唱著離別的歌：
天之涯，海之角，是處葬我身……

蹚將白朗

我死了
但我的名字還活著
賦予我太多傳奇的人
根本不瞭解傳奇的虛妄
我出生在同治十二年
或者說是 1873 年
那一年，天無異象
地無別樣，我就這樣出生了
豫西有一個小城叫寶豐
那就是我的故鄉
我的童年了無生趣
除了饑荒，還是饑荒
等稍微大了點，才敢去
西地掰玉米，因為路上
常遇到餓死的人
被狗啃。我家有良田百畝
卻只夠族人糊口
和同村王大戶比著
只能算小戶
就這樣，聽父親說

那傢伙還一直惦記著
俺家的地
閑來我也讀些聖賢書
儘管先生教得太死勁
「彼竊鉤者誅，竊國者
為諸侯。」這裡面含有
多麼詭異的辯證！
厄運開始的時候，我並知道
是有人在作祟
不就爭個地上溝，和聚眾
造反，有半毛錢關係？
但青天白日，他們
就這樣判了
說什麼要殺頭，輕了也得關
十年。父親一咬牙
賤賣了所有的地，
贖回的我，在宗祠裡長跪半天
真有了造反的心
父親勸我說，破財消災
怎麼都會過日子
可我血氣方剛
怎會咽下這口氣
怒殺王大戶的那個三更夜

我的手都是顫抖的

血噴出來一下子就染紅了月亮

我撕下蚊帳的一角把頭一紮

就拉起了桿子

劫富濟貧，替天行道

回應的人真多

一百單八將，座次

形如梁山水泊

叢林法則中，只有強者存活

官府的圍剿算不了什麼

第一次和他們交手時

就發現他們個個是草包

綠林豪傑送來的大炮真叫響

官兵聽到炮聲，就四散如羔羊……

真是腐敗的體制

如縱欲的君王，早已把自己的

身子掏空

後來的許多故事

也許，你在書本裡都看過

我說累了，只想睡

如在虎狼爬

我睡下後，就不再醒

民國的安

1
梅落，雪瘦
大清早，有一股煙草的香味

2
安，畫唇線
一直盯著鏡子，盯著鏡子裡一支法國的
口紅

3
她記下，清夢的荒誕
在紳士臂彎裡的舞，在觥籌交錯時微熱的臉
胭脂是一種化妝的巫術
春意
早已在兩個酒窩裡闌珊

4
在租界裡
一切都是新鮮的
福特車、葡萄酒、哈德門煙

和幾根帶子做成的內衣
裸著背
高跟鞋伴著莫札特在唱片上輕盈地旋轉

5
時局動盪後
竟然，連夢也會破產
大姑媽舉家遷到了洛杉磯，還有小姑
一個人跑到了巴黎
只有父親
父親帶著她，回到了這偏遠的鄉村

6
大娘老得只能吃齋
二娘胖得再也唱不了《西廂記》
爺爺，只剩下一把骨頭
和咳嗽
一切都在變，變好
或變壞

7
「煙雨中，我撐著淡綠的傘，
等你，在時間之外。」

苦悶中的安
站在天臺上念詩的安
先看到一架冒煙的飛機
接著，就聽到了她生命中
最後的一聲巨響……

後 記

為故鄉畫像

　　這是一次持續的創作，時間跨度大約為十九年。如
此有耐心地，對同一件事物反復描摹，勢必會留下許多
散亂的線條，而這本集子，就是最好的見證。完成這本
書後，我並沒有如釋重負的輕鬆，相反，倒有了一絲焦慮。
故鄉，在兩百里之外，還像一小塊「現實」一樣存在著，
而我文字中的故鄉，也許早已煙消雲散，留不下一點痕跡。
這種寫作的徒勞，常讓我懷疑寫作的本質，我們耗盡一
生所追求的，到底是什麼？

　　在我最初的設想中，這本書應該更為駁雜一些，但
一動筆才發現，生活早已為我們打好了底稿，我們對故
鄉的描紅，帶有天然的寄生性，試圖勾勒一個波瀾壯闊
的鄉村圖景的野心，終歸是竹籃打水一場空，當我們真
正地觸及我們靈魂的原點，一片糾結著宗親、血脈的沼澤，
我們個體的生命顯得是多麼渺小、無助和力不從心，也許，
我要描摹的世界，本來就沒有邊界，在一次又一次追尋

的迷茫中，世界，或許就是自我。

在寫作中不斷地審視自己，是每一個寫作者最基本的素養，一方面，詩人作為一個種族的觸角，他要先驗性感知事物的本真，為世人提供最接近本質的看法；另一方面，通過個人方言對事物的重構，勢必產生偏移，這可能構成本體，也可能構成影子，當詞在意義的陰冷中發出光亮，世界也許就有了多重的輪廓，也正是基於這一點，在這本集子中，我的敘述多半是缺席的，它描摹出的世界輪廓也是模糊的，儘管我始終開著靈魂的導航，並樂此不疲。

為故鄉畫像，是每個寫作者的夢想，但故鄉的真身，也許就存在於每一個人的內心，在那裡，埋著親人，晾著過往，榮辱與興衰共濟……

簡單

2018 年 11 月 8 日

國家圖書館出版品預行編目

暮雪 / 簡單作. -- 臺北市：獵海人, 2020.04
　　面；　公分
　ISBN 978-986-98841-3-6(平裝)

851.487　　　　　　　　　　　　109004330

暮雪

作　　者／簡單
出版策劃／獵海人
製作銷售／秀威資訊科技股份有限公司
　　　　　114 台北市內湖區瑞光路76巷69號2樓
　　　　　電話：+886-2-2796-3638
　　　　　傳真：+886-2-2796-1377
網路訂購／秀威書店：https://store.showwe.tw
　　　　　博客來網路書店：http://www.books.com.tw
　　　　　三民網路書店：http://www.m.sanmin.com.tw
　　　　　金石堂網路書店：http://www.kingstone.com.tw
　　　　　讀冊生活：http://www.taaze.tw

出版日期／2020年4月
定　　價／320元